附近有人笑了

黃柏軒

序一

喔詩人，別再讓什麼變熱

鄭聿（詩人，著有《玩具刀》）

1

第一次聽宋冬野唱歌，我就想到了柏軒。

宋冬野這名字取得適切，他的歌聲和詞裡剛好也有一種寂寞而冷調、遼闊而野性的況味。柏軒的詩也是，一如這本詩集的章節名「冷感覺」、「紅寶石野獸」所透露出來、屬於柏軒獨特的冬與野，再搭配低沉的輕吟、吉他聲——讀他的詩，像聽他唱歌。

巧的是，柏軒也唱歌。幾首詩譜了曲，跟他的樂團一起登台表演過。在樂音的催化之下，有些詩句唱出來，在心底停留的時間更長……呃，好像太浪漫了。

我絕對不會說出「柏軒是文學界的宋冬野」這麼廉價

的評語，但兩人對寂寞的反芻方式確實很相似，說他們是用冷笑假面來掩飾熱情的大叔樣也不為過吧——你說柏軒本人看起來沒那麼老？其實宋冬野的年紀更小啊。

2

詩集裡有一首〈冬河〉，說：「趁著低溫／以冷切割每個時刻／別再讓什麼變熱」。創作者多是外冷內熱，情感糾結騰湧但下筆冷靜理性。可是私底下卻常反過來，活得外熱內冷、異常低溫。大概是為了避開傷害、自我保護吧。所以讀詩的當下，總想進一步理解那樣摸起來冷冷冰冰的詩人。

認識柏軒也好幾年了，相聚吃飯，一些場合碰面，都在閒扯、沒幾句正經。後來聽他唱歌，理解多一點點。翻完詩集，又多了一點點。回想起第一次讀到他的詩，是那首寫得極好的〈烏鴉〉：「我只說謊／一些低於你尾翼的謊／山悄悄隱去／山隔滿霧／／烏鴉／搖落一些葉子／讓我像你／讓我像你」。

再讀〈發條玩具〉：「時間一直在走／我們慢慢鬆掉／／我想讓你聽見／鬆掉的聲音」。或〈晚河〉：「竟然也就漸漸習慣了／像在鏡中存活著，／認為那就是了、那就是了，／幸福像一把用鈍的刀」。

詩人對幸福的想像往往很脆弱、很卑微，也十分被動。如果不試著打破或衝撞的話，就最好將自己擱置著，去習慣時間漸漸流去、什麼漸漸失去；畢竟「幸福像一把用鈍的刀」，不理會的時候，任其生鏽無礙，一旦拿起來，鈍器也會傷人傷己的。

3

聽過幾首詩譜了曲、成為歌之後，我才明白詩與歌的責任不一樣。在台上見到唱歌的柏軒，也跟寫詩的他不一樣。

在生命中遺失的那些，可以反覆在歌聲詩句、在任何一個被想起的地方找到。這便是文學的能量守恆定律，不是嗎？還記得第一次聽到宋冬野的歌，我就知道自己很喜歡。

柏軒的詩也是。

私人推薦：〈黃色彈子房〉、〈烏鴉〉

序二

側一步說話

達瑞（詩人）

詩人意圖用以抵抗世界之傾毀的童心背後，暗暗浮動一股黑色而有機的惡趣味，彷彿預示了事物本質的崩壞；在龐克氣味的詩句裡，對生命採取冷調、旁觀而間接的觀望，是為側面一步的藝術，不那麼張揚卻仍見其頑強意志，並在世界的灰澹斗篷底下，處之泰然。「時間一直在走／我們慢慢鬆掉……我們一起目擊它走了／一分鐘／只是如此／並未相視而笑／我們繼續鬆掉／想著眾神死亡的草原／上面聞到的風是什麼味道」我們皆為生命之神的發條玩具，既定時效裡，竭力將彼此日漸衰微的節奏，記憶下來……

附近有人笑了

致軟弱者
與愛他們的人

冷感覺

星期六的下午

星期六的下午
天氣陰
林森路的咖啡館裡都是人
我坐在整個東岸最差的位置
在空白筆記本上塗鴉
畫了匹馬卻不是馬
又畫了條蛇
很長，纏著一個坐著的人
盯著蛇的眼睛
吐出紫色舌頭

但那蛇無論如何都不像
蛇
也不像其他的東西

那人的眼中充滿雜線
只想著女孩子
但只限於她們的肉體
還不是全部的肉體

對面的座位坐著一堆人
後面的座位也是
這個瞪著蛇的男人與這個下午
終究是要被寫壞拋棄的

這他們都知道，無論那條蛇、那個男人
或是對面的座位那一堆人
後面的座位另一堆人
他們暫時還無動於衷

但現在
他還坐在裡面：
全市最吵的地段
全東岸最差勁的座位上
在筆記本上塗鴉
他縮起腳
讓店員拖地

光之陰

天是灰色，藍藍的灰
我和你併著肩
坐在大廈頂上
吃補習前的晚餐
我們看落日
落日在冷冷的天邊
像一匹小馬
一匹臉頰黑黑的小馬
身上濕濕的
聞起來像爽身粉

那是好久以前的事了
我們已經很久不往上爬：
我們冷。

誰還在談末日呢？親愛的

雨已經停很久
地都乾了
只剩下你
還是濕的

你走了一會兒
又下雨了
因此你知道
這不是世界末日
末日是不下雨的

只有雪
雪與灰燼

一個人走在路上

一個人走在路上
突然跳下去成為另一個人他的影子
代替他成了
那個穿著他鞋子的人
那個獨占他女友的人
那個吃肉吃米飯
喝水生病的人
沒人注意到他拖著一條尾巴
沒人注意到他的影子連結得有點勉強

沒人注意到他和以前不大一樣
一定有人會為此感到悲傷，但
就算他們知道，又怎麼樣？

只不過是一個人走在路上
突然跳下去成為另一個人
名字沒變
穿著相同的衣服
只是配件不同
一切多麼容易
多麼應該這樣過去
這種事天天都在發生
這種事這裡天天都在發生

他就這樣走了下去
成為一個被影子駕駛的人
成為一個不能照鏡子的人
成為一個照了鏡子也無動於衷的人
成為只有一張嘴巴
同時處理食物和發言的人
他就會變成這樣一個人
多麼輕鬆如意
多麼應該這樣過去
這種事
天天都在發生
這裡

都是這樣的人

冬河

冬日
眾河不動
水恆流

趁著低溫
以冷切割每個時刻
別再讓什麼變熱
已放下的無須再提
已提起的不再放下

投出一句話試路
閉著雙眼盲信走去
岔路總會尋得你
排練
排練

幻想祂會來
幻想自己會知道祂來
像知曉季節的變化：
空氣轉乾
不再有雨
像這樣陰冷我們

再一次
再一萬次
或許可以過去
或許還是錯過
即使結束：終究
秋日已過。

農夫

他們畢生的汗
都落在了土裡
變成我們的糧食
如果我們生了孩子
讓他們徒手去撿玻璃碎片
如果他們就只是看

六呎下

自己的屍體
要你自己去埋葬
我只負責記下此刻
無言的風雨

太遠了
你的長髮
路上驟起黑霧
遮蔽雙眼
藏盡苦悲

萬徑蹤滅

教我如何頓醒
赦我一切過錯
教我如何滑落
至永無須回頭
夢之島公園

發條玩具

時間一直在走
我們慢慢鬆掉

我想讓你聽見
鬆掉的聲音

我帶來這個發條玩具
是我們一起做的
我們一起看
轉緊它

（它不動
閉著眼睛）

我們一起把它放到地上
拍拍它
它終於哭出聲音
走了起來

我們在旁邊看
你看它走得多好
你看它多吵，真妙
你看它一下子就走遠了
你看它

停了

我們把它收好
看一看錶
我們一起目擊它走了
一分鐘
只是如此
並未相視而笑
我們繼續鬆掉
想著眾神死亡的草原
上面聞到的風是什麼味道

註：「眾神死亡的草原」一詞抄自海子〈九月〉

冷

三月一日天氣寒
冷出一條長蛇
我們縮頭
發出嘶的一聲
指腹滑過玻璃
頭蓋骨裡嘎噹一聲

給你的童話故事
已經說不下去
牙齒開始打顫

說出已經
說些可能
說了些希望可以
說了些如果可以。

不溫柔
故事

寄養

1

朋友寄養的兩隻鸚鵡
被貓吃光了
一隻叫亞馬遜
一隻叫墨西哥
貓共有三隻
我不知道是哪一隻幹的
牠們也是朋友寄養的

2

朋友寄養的三隻貓
被郊狼吃光了
一隻叫粉圓
一隻叫安安
一隻叫嗚咪嚕
生下牠們的貓媽媽
去年死於腎臟病
郊狼差不多就是那時來的
一共有四隻
我不知道是哪一隻幹的
牠們也是朋友寄養的

3

朋友寄養的四隻郊狼
被老虎
吃光了
五隻老虎的名字是
彼得、康妮、沙夏、阿里和柯慈
郊狼沒有名字
我是不會為郊狼取任何名字的
像他們的主人一樣
不負責任

郊狼來的第二天早上
糞堆裡有人的骨頭

我沒跟任何人說
現在更沒必要說了

4

寄養動物在我這的朋友們
沒有再來找我
一個也沒有
自從我養了老虎
再也沒人敢拿那種事煩我
現在我終於可以
好好寫作
生活
陪著我的五隻老虎
我絕對不會送走他們
或寄養在任何朋友家裡
那並不是出自愛

你知道的

黃色彈子房

老灰指著老廈那是大路
窗外老廈頂著月亮，身上身旁
燈火燈花。老灰掉了點菸灰在褲上
一個大胸部的女人坐在櫃台
沒有人向她擠眉弄眼，今晚沒有
明晚沒有。沒有人決鬥
老闆在門後水泥的地上開動洗衣機器
他中過三次風了
找起錢都吃力
不能理解為什麼讓這些人活著

又不讓那些人去死
老灰始終指著窗外老廈
老廈總就頂著那月亮月亮

幾個男人坐在窗戶右邊顯得暗些
盯著那紅球桌。
比賽剛冷，他們的手都還有點溫度
讓他們沒命的將會是球桌邊那些冰啤酒
一個男人正在喝它們
另一個伸出手要去拿
剩下的那個則在看我。
他們頂上的水晶吊扇搖搖晃晃
一隻老虎蹲在上頭

想這是什麼夏天。

現實—昏睡症—發燙椅子

一群白襯衫的少女
走過全宇宙最可口的廣場午後
一張過曝的相片風景
一個說：好熱
一個說：你可以脫掉衣服
一個說：你脫我就脫
「但我們裡面什麼都沒穿」
一個女孩接話
始終沉默的那個長頭髮女孩突然轉頭
看向這邊

沒有值得注意的東西
她轉頭回去頭髮逆光飛散
她與她們與她神祕的眼神
暫停了時間
我盯著她
整整兩萬年

有人無心撥落一本書
我突然醒在有油煙味的咖啡店
一張張發燙椅子全被人占滿
所有人都背對著我，都穿著黑色的衣服
但我知道他們裡面
都是白襯衫

再裡面
什麼都沒有
我還知道剛才轉頭過來看我那長髮女孩
正坐在第三排左邊數來第五個位置
或者是在冥王星

倒帶酒館她和她

她非常適合親我的額角
但她只是把摔破的杯子吸回手上
稍微逆轉時間，讓玻璃自動接合
她說：那就這樣吧
就此走出暗夜的酒館

她走了以後
我終於取回遺失已久的方向感
並立刻陷入重度的昏眩
明天，我就要離開這城市

雙手怎麼數都有二十五根指頭
也無所謂，我可以
彈更多鋼琴，這麼說對嗎

見過一面的酒保正在說他一生的故事
故事還剩三十分鐘才中場休息
我恰巧分心而她正進來
她一定聽見了我溶解的聲音
我要點一杯酒給她
酒名叫永夜
基底是烏鴉血
後味是絕望的愛
她喝了，她是我的人了。

像貝蒂那樣憂鬱
——我沒有一定要你愛我多久，我已經決定一個人活

在愛裡的薪水很低
直到我們找到一台鋼琴
怎麼這麼幸運
有人願意付錢來聽

自此後不再想什麼
燒掉老闆的房子
在離海溝不遠的海裡裸泳
親吻誰在晚餐與漫長的散步之後
哪一種光線適合

拍下我們的合照

如果我已沒有憂鬱需要妳來安慰了
妳仍在共鳴我的哀愁
妳就會使我痛苦
而我會成為妳的地獄
我所能幫妳的
只有拿一個乾淨的枕頭
送走妳的惡夢
讓寄藏在妳之中的一切我
不再哀愁
不再活

恐龍的生存

在很久很久以前
恐怖的生命出現了
沒有光、沒有意識
只有無限純粹力量的擊打

「末日很快來臨
我們終將全數滅絕
不再進化」
——每一隻恐龍
從出生就聽見這清晰的指令
這是他們記得的

唯一一件事

從此
他們擁有無名之物的強大
開闢所有欲望
不存在任何阻擾
「時間不多
我們必得強奪豪取」

恐龍沒有手足
像一塊巨大、無中生有的肉
在無限深入的內心中
自誕生即具備永遠的強盛

末日當天晴朗無雲
一些可笑的火焰從天而降
「這就是末日嗎
真小
這就是我們千萬年來等待的末日嗎
為什麼不是更來勁的
比如集體意識的閃光
殘酷的神祇降臨
或是完美的文明創造完美的敗亡」
好在，以上皆非

恐龍沒有文明
沒有記憶
放棄累積任何智慧

恐龍的哲人們已做出結論：
「愚行需被讚頌與滋養
自尊會毀了你
精神無意義
肉體即一切
肉體的狂歡是唯一能實踐的神」
他們在天火中
在短暫而有效的劫滅中
低下頭
吃他們剩下的早餐

數年後人類出現
他們幻想永生不滅。

火山

今年的火山一如往常
提早爆發
從夏末到深冬
都是塵埃

往回一些：
秋天因而略微提早
比以往密實，比以往涼
大部分景觀都被灰色覆蓋
如同此際冬日的地上

我多年的呼吸道疾病因此毫無預警地
提早發作
隨時是癢、咳嗽與噴嚏

火山提早爆發
下半年幾乎無人到訪
商店冷清，酒店
皆近歇業
在街上
久久才能見到一個女人

但今年
她依舊素面前來

一如往常，只是稍作停留
只是路過，甚至沒有
下車，沒有發現窗外
這小站已被塵埃覆蓋

我在天橋上
看著她的列車抵達
短暫的哨音後
匆促離去

今年
我們依舊目光交錯
但未曾交談

一如以往

冬天
深居簡出
與所有人保持距離
好像他們都離開了
每個下午
我看著落塵
覺得好看

灰燼將使土地肥沃
來年我們勢必輝煌如昔
但此刻

從這多雲的樓台望去
天地一片大暗無風的灰
像一顆種子
一枚古老的硬幣
或一縷正在集結、落下的塵埃
展示這：
一切已然足夠
沒有人需要更多的安樂了。

我注視鄰近與遙遠的事物
偶爾稍稍移動椅子
只是偶爾如此

她說喂

他說喂
沒事只是想打給妳
也不是想聽妳的聲音
我不會說這種話妳知道的
話說妳有沒有想過……
算了
妳睡吧

她就睡了

當她醒來
她就愛上了他
她已經成為一個愛上他的人
當他醒來
她說喂
他已經成為一個愛過她的人

過故人莊

路過我朋友的家
我已經不想進去
過去
老想著進去

雕花的門
易於叩問的鎖
不懷好意
疑心重重
美麗的女子還在彈奏美麗的鋼琴

就在這時他看見了街上的我

昔日友善的笑容依舊友善
一度熟稔的我們
依舊隱忍著熟稔
招呼如昔

那我就不進去了
揮了揮手
在橋上遇到另一名女子
我和她有了另一些故事

父身如紙

他挽著我們的肩
笑皺像一張羊皮紙
我們辨識那些字跡：耐心、
耐心、耐心

然後
他退到後方
久久不再突圍而出
我們用印刷的字
討論關於他的事情

以及她的。

被神放棄的男人

晚間十二點整的中華路上
被神放棄的那男人獨坐在馬路中央
對著他年幼的弟弟喊：
過來，給我過來
來我這邊不然我宰了你

那孩子離開了一陣子
回來時說：我在裡面等你
你有種就進來
不信我用你的腸子勒死你

附近有人笑了
他們都不知道接下來的事

妳真的知道我在說什麼嗎妳說

被人潮擠進地下道
再被擠回地面才發現從中途就牽錯人的手
交換了一個事物不受控制時那種笑
我已藉著妳而妳藉著我過活

颱風來襲的下午
巨雷橫走山脈
聲音似火如暴漲的河流
我們被聲音與光禁閉
小小的房間是一座聲音的牢

閃光隆隆
我對在窗邊看書的妳大喊我多想
多想把妳殺死多想把妳丟棄
妳說我聽不到任何聲音
我聽不到這裡沒有其他任何什麼聲音

騙子

1

他宣稱
所有的門都深不可測
所有的路都無法回頭
所有的愛
都不能回收

他說了謊我清楚得很
他對暗巷開了一槍
那裡原本沒人

我卻還是忍不住
上前一步接了那子彈

我被射穿肚子
誠實的黑水流出來
只是一些油膩的髒東西
讓暗巷更加難行
我再次因為一時羞愧
許下不可能的
千篇一律的承諾：
「這是最後一次了……」

我醒來

檢查身體
手腳還在
舌頭完好
深淵仍在身旁
如溫馴的老虎
感謝老天！

2

她一直在騙我
送我路旁的野花
指給我看
天上的雲
我知道，她一直在等待機會
賣我過期口香糖
葬禮毛巾與噁心的故事

比如：我沒了雙腿那一年
我小兒麻痺的父母將我丟棄
而我的童年……但她從未開口
只是天天送我野花

指給我看
天上的雲
以致我無法對她說：
我又聾又啞，別來煩我
不，我應該說
你給我的一切都太過美好
若你其實並不愛我
我就會即刻死去

我們之中沒人說謊
她知道我也知道
但我們都沒機會說出任何話
對對方的模糊

也不以為意……

3

這次一定會成功
他將注意到我，對我說話
將我輕輕提起像根羽毛
我將為他脫下
為了這一天特意穿上的紅洋裝
讓他看我渴望示人的祕密
為此
我日漸消瘦
可以穿過更多隙縫
行深至無可逆反的坦誠

這次一定會成功

我已經等得太久
就在今天
已經沒有什麼可再丟棄了
我已瘦得不能再瘦
只要一點觸碰
整座雪山就會崩落
不，不是雪山
更像是高高堆起的篝火
不，也不是那樣
其實我更像是……
被寫進一首詩
或備忘錄
在早餐店的擦手紙上

或帳單的背面

突然我就來到
一列駛往鬼方的通鋪火車上
空氣溫暖
赭色皮椅厚實堅硬
精神異常的白日漫長
我想我成功了
他勢必已經記得了我
但他也將不會再次記起我
就是這樣了
我報警
散開頭髮跳下車去

紅寶石
野獸

斑爛蛇

誰的孩子被我撿到
一條又長又瘦的斑爛蛇

烏鴉

烏鴉，
我們不需要這些樹
這些可憎的葉子

你是詩而我並不
我讀你

多麼灰色，烏鴉
你的羽毛濕了
而我並不

我烤火
我有屋簷

我有你的爪子
沒有羽毛
而我是黑色的

水落在草間
我們不需要水
我們在，我們蹲著
無味的果實那樣蹲著

烏鴉

沿著縫隙
烏鴉
張著腳爪
你無緣逢幸的網羅
我無心織就的線索

我只說謊
一些低於你尾翼的謊
山悄悄隱去
山隔滿霧

烏鴉
搖落一些葉子

讓我像你
讓我像你

紅寶石野獸

牠仍然在那裡注視著
下方的我
以廉價的鑽石眼睛
和未開封的齒與爪

每天
我唱著陌生人的歌
看著他們拍下結婚照片
走在又熱又長的柏油路上
每天

我口渴
找水喝
撫摸我的紅寶石野獸
與牠對話

火焰一樣的雨水打下來
日子有時就此別過頭去有時並不
我卻總是深深地、深深地嘆息
為了我的皮鞋、我的帽子
他們都經不起雨
經不起濕氣與嘲弄
有時我需要更有力量一點
但是一個人在自己的房間裡到底能做些什麼呢

何不跳跳舞，紅寶石野獸說
何不改個名字、換張臉
用腳尖走路，用你雌性的鰓呼吸
或拍一張毫無重點的風景照片
撿一塊腳下的石頭壓著
視它為珍寶
如你對我一般
如果你不這麼做是沒有人會怪你的
只要顧好你自己就好
大家都是這樣撐著傘過去的
但是，但是
你還這麼小
整天愁眉苦臉，拍照時伸出舌頭

除了自己的玩笑之外
偶爾也該到別人的房間裡去瞧瞧吧

我的紅寶石野獸，我廉價的折射者
給我一些刺眼的光
彌補我總是在說：離開
離開的漩渦。

不寵克

你該在第一句話
設好所有場景

一個人有一扇窗
人在椅子上彎曲
窗在那人的頭上開著
要直到一切生鏽
才能把那人從彎曲中拖出來
我了解
那要花多大的功夫嗎

：一點也不

你抱著自己像抱著吉他
並且彈得不怎麼樣
總是疏於練習
翻著歌本像翻日曆
一望無際的日常已經凍結
你的無奈與困頓那扇未擦的窗
你的喜樂當你想著末日的約會
那多麼容易
且讓我們放手一搏
不提
有多麼容易

看著藍色的野獸背著你舊時的家
在山上爬來爬去
當你想念山下的住屋
就迎接牠吧
想像牠跨過狹窄的山道
沿途破壞一些圍欄
把一些人車擠下山去
想牠經過城市的時候
會有多少樂子
當牠終於抵達你心中那扇小小的窗
張開眼睛
看看牠
「你這怪物」

「嗚吼吼吼」
你們樂了起來
你們樂著並跳著
拿出勇氣唱一些無韻的歌
這甚至一點也不龐克
你自得其樂
你懶得像隻從未現身的怪獸
「如果我出現他們都會尖叫的」但你從未出現
像個小女孩
所有的小女孩都是怪獸
這還用說嗎

時間讓我們分開了

我的老友
如果你想念我
就彈吉他唱首我們唱過的歌
像我正在做的一樣
今晚我會寫信給你
在夢裡
像未來千千百百個日子那樣
我們自得其樂

荒涼

無處可再待下去
事情大致完善
僅能形容
以荒涼

混亂裡一閃而過
熟悉的東西
我對此不再
感到驚訝。

星期天

現在
你就是不在這裡

你是假的
你無動於衷

敢知道自己
和別人一樣

敢對別人說：

你就去死。像這樣
去死。

你的書、帽子、
靈魂與單價
都是別人的
每個星期的糧食
每個星期天你醒來
和別人一樣
也會是在星期天

果實

是因為我們太美
才會變得如此可憎
一段樹木垂下葉子
有風同時吹動他們

當你成熟
就落下吧，分散吧
變成碎的石頭
變成塵土
進入所有地方

所有地方

讓風吹著臉頰
讓雨落在頭上
像一段樹木將葉子垂下
像一些風
將葉子掉在地上

羊迷宮

他非常
非常的瘦。

天天走在畜牲走的路上他運送
一些幼兒到四面八方去
「保重」，他對牠們說。

但牠們肯定是聽不到的
牠們很快
就會被吃光

日復一日
乾旱侵襲這可憐的男人
日復一日
血凝的路上他天天走著
計算步伐計算呼吸
有時
只是有時
他會盡可能地
慢些
慢些
像一個鰥夫
走回無人的墓穴
他這麼做

和別人沒什麼不同
希望沒人會責怪他

他非常
非常的瘦
幾乎像不存在

「主啊，
我在遠離祢。」
日復一日
他祈禱
像在寫著某種千篇一律的
讀後感

配合世界
所有人都在不情願地
調整自己的大小
只有他是固定的
他被困住
在這小小的獸欄
在這牲畜行走的道路上
在這凝血的道路上
在祈禱書裡
在無處不充滿牲畜的時間裡
他非常
非常的瘦

但即使如此
要使他穿過門，走出來，讓我們看見
依舊相當
相當困難。

讓音樂發生

夏日將盡
無限靠近的吻
比吻更暖

因為夜裡的霧
附在手上
因為涼意
製造了溫暖
我知道，花在開
在漸漸為了我

轉變顏色
我知道，風在吹著她們
或我只是希望如此
多希望如此。

我並不真深切愛她
但這並不妨礙我對她的愛
即使她只是
或她像，她就該是
一組吵鬧的樂器
只能伴奏
只能發出吵鬧的聲音
但我此時只想彈奏音樂

我此時只想吻她
像從不怯弱的新手
初次吹奏我不懂的樂器
只想讓音樂發生
找誰來聽
誰來都行

往山裡去

葉綠

葉綠
長長的坡
清晨爬上
葉常綠

雙手濕潤
心無聲響

光上黑山

——致家榮

月出東山
陪我爬一座陡坡
我不會知道
在其他地方
月落東山

山頂上
閉目有光
聲音們都回巢蜷臥著
人們錯落在各處鄉間

全是糊塗莽漢

雲霧穿過月亮
距離還很遙遠
與死生毫無關聯
只有地上人會為此哀戚

夜風帶露
久立於雲霧之下
面頰濕潤

我找到我住的地方
大概的方向

想為它做點事
就越是走遠
動彈不得

夜裡花花草草皆混同
只有暗香證明

算著時間
是該回去了
這網羅太擠
容不下一點月色

可以確定這步伐通向住所
被約誓所愛的人
被一切可能阻擋
我就是那可憐的人
坐在房裡
想著外面的事

烏雲獨自徘徊

烏雲獨自徘徊
不下雨
沒有陽光
不大方便說話

老是被母親斥責的孩子終於長大
慢慢走往他方，推倒一座山
如果他不哭了
會有人蓋一棟薑餅屋給他
在他爬坡的時候

偷偷摘取他屋前多餘的花

上班日午休祈禱文

神啊，容我此刻
多活一點

讓我深深陷入這張椅子
捧著這一分鐘
端詳它
享受它的顏色、氣味與預言

直至我清空口袋裡
所有藍色的代幣

讓我凝視一隻黑狗狂喜奔跑時
像一隻黑狗狂喜奔跑

這年頭誰的笑容沒有一絲絲疲憊呢

世界你是個大漿果
我要走向前去咬一口
咬一口你的溫柔
咬一口我為你戴上戒指的手指
讓你補帖我的心肝，我的腸胃

誰用大桶大桶冷水澆我
我都不要怕
衣服濕了要趕快脫下
別讓著涼導致昏迷

因為昏迷必被詐欺
你被踩到腳馬上開始責怪他人
你就會是動物不再是人

我要愛你
我會一直向前跑
咬著你的小小漿果
讓你臉紅熟透
直到我們的繽紛不再生澀
能結出更多漿果
讓所有的羔羊
天天吃飽
願意做夢

我要過去了

藍色水滴

整個宇宙的祕密
我沒有興趣

只在意有誰願意
拿走我免費的心

雪色水滴

黃昏

黃昏的步履親近我
以昏沉的、誘人自欺的足音
我不往那裡去
就得往其他地方去

多風的黃昏
夜色從遠方折下樹枝
盲目的車行拖曳縱容的光
多少聲音在此前行、後退或停止
若我不願聽這些

就得去聽其他聲音

聽，比如說，我們的廚房
默默變乾的浴室
或是已經冷去的床
然而我在冬日的夜晚像一只碗
只盛裝清淡的食物
過多的都必須克制
除非我人在外面

除非我開始聽，比如說
黃昏的盛大與成熟
夜的逐漸擴大與逼近

以及他們臉上刺眼的名字
我才會甘心離開

走一條長長的夜路
到我們的朋友那裡去
他那裡有一張稍大的床
有些音樂
還有些不屬於這個世界的光
我想我會需要他們
像一輛靈車，今晚，
此生，此刻。

一個早上和可能的好心情

擦身而過
一個低音的嗡聲

慢慢地下台階
留意著腳步
就忘了呼吸

他被留在房間裡了
我就一個人獨自過了一天

黑床

什麼在夜裡走著
風經過玫瑰
什麼在夜裡走著
風經過門邊
走過幾個無臉的孩子
草原

在世界的斗篷底下

在世界的斗篷底下
孤鴉藏著
醉井藏著
藏著夜晚

在世界的夜晚底下
戀人藏著
雙手藏著
藏著隙縫

在世界的隙縫底下
舌頭藏著
美善藏著
藏著洪荒

在世界的洪荒底下
蔓草藏著
蝴蝶藏著
藏著落塵

在世界的落塵底下
死者藏著
獵人藏著

藏著偶戲藏著孩子
在所有孩子底下
藏著太陽
藏著繩子
他細細的影下斗篷藏著

夕陽落在土裡

夕陽落在土裡
光打在雲的側臉
雲走在遠遠的山上

我依舊不願靠近你
我在等蟲子叫酸泥土
等今天毀滅明天
或是昨天喚醒今天

我要說這是個機率的問題

你居住在綠色的房子裡
吃綠色的食物
唱綠色的歌
夕陽每天落在土裡
我們什麼都沒有長出來

晚河

深夜的腳
她的目光淺淺踩在水上
雙手混濁

你不會知道
她是如此思念思念反覆思念

前有霓虹的反光
我們一定離岸近了些
小心那些陷阱、陷阱，

陷阱如小提琴聲音滑落的刺
凌空而來
橫的雨下在城市

垂直地走
切莫低頭直到
我們一一上岸，在這象限的極低處
成為多角、黑暗、幽微的動物

竟然也就漸漸習慣了
像在鏡中存活著，
認為那就是了、那就是了，
幸福像一把用鈍的刀

然而幸福至此大致結束
再過去，便是多數者的婚宴
少數者自相殘殺的嘉年華會
再過去，你便掉落水中
變得冰冷而赤裸
變得冰冷狹小、赤裸且無用
聲音嘈雜、味道欠佳
你不該如此下去
你知道
但你不聽。

深夜的腳踩在水上
她的目光以整體到來

淺淺地進入你
弄濁了雙手：
她是如此思念思念反覆思念

開始

一開始，先有光
計算水流、設計岩石
岩石的重量
計算風
風的向量

如此寂寞無依
如此寂寞難耐寂寞

這是最古老的時光

一躺下
全世界都躺下
把腿長長一伸
就成了山脈
還可以自由地翻身
偶爾讓眼睛充當太陽
或是月亮
照耀無物的夜景
醒來
只想著種子
種子的形狀
以及它們的花
花的顏色

想著它們
什麼時候得要落下
好像可以永遠繼續如此下去
然而寂寞難耐寂寞
寂寞無依。

紅寶石少年遊

廖育正（詩人）

雨已經停很久
地都乾了
只剩下你
還是濕的[1]

告訴自己：不要擔心，不要害怕，衣服上的雨總會乾，只是現在還沒。面對現實需要勇氣，面對自己又何嘗不需要。這是給軟弱者的詩歌，給愛他們的人的詩歌。誰愛軟弱者？只有曾經軟弱的人懂得。

《附近有人笑了》如一具具別緻的晶體。它們造型巧妙，時而是人型的動物，時而是動物狀的人型。仔細看，有些殘缺不全的部位——發生了什麼事呢？還記得心中那匹時時與自己對話的紅寶石野獸嗎：

1 〈誰還在談末日呢？親愛的〉

如果你不這麼做是沒有人會怪你的
只要顧好你自己就好
大家都是這樣撐著傘過去的
但是，但是
你還這麼小
整天愁眉苦臉，拍照時伸出舌頭
除了自己的玩笑之外
偶爾也該到別人的房間裡去瞧瞧吧[2]

2 〈紅寶石野獸〉

期許自己昇華為華麗紅寶石的，是敏感、易碎的少年心。走近那些透明的晶體，赫然發現無處不是裂痕。然而龜裂構成了美麗的線條，教人忍不住想撫摸受創的痕跡。蜿蜒裂開的直線與曲線，無從尋找破裂的開端，孤獨的人站在遠遠分岔的痕路上，望著另一道痕路，在悵惘的心中久久迷途。

這些富於創意的裂痕，是黃柏軒的詩語言。沿著裂痕般的語句，將琉璃擊成碎片，也依循這些裂痕，才弭合了破碎的心。拼著碎片的少年湊齊細微的往事，而站在裂痕與稜角前的讀者，或為流利的語句動容，或者隱隱感覺不忍：

時間一直在走
我們慢慢鬆掉

我想讓你聽見
鬆掉的聲音

我帶來這個發條玩具
是我們一起做的
我們一起看
轉緊它
……
我們在旁邊看
你看它走得多好
你看它多吵，真妙
你看它一下子就走遠了
你看它
停了[3]

3 〈發條玩具〉

少時的理想，年輕的感情，有如發條玩具令人愛不釋手——但它正在鬆掉。那是我們一起做的玩具，它慢慢鬆掉，我們聽著它鬆掉的聲音。鬆掉時，你我心裡明白：它正在停。誰都知道它就要停了，卻在玩具停止的瞬間避開彼此目光。青春的哀愁無關宏旨，是以更顯真切。

少年的感性，往往投射在美麗的少女上。她們總出現、在美麗的自然風土，或者遼闊的廣場：

一群白襯衫的少女
走過全宇宙最可口的廣場午後
一張過曝的相片風景
一個說：好熱
一個說：你可以脫掉衣服
一個說：你脫我就脫

「但我們裡面什麼都沒穿」
一個女孩接話
始終沉默的那個長頭髮女孩突然轉頭
看向這邊[4]

她非常適合親我的額角
但她只是把摔破的杯子吸回手上
稍微逆轉時間，讓玻璃自動接合
她說：那就這樣吧
就此走出暗夜的酒館[5]

詩中的少女永遠純潔不可得，有時身處暗夜的酒館，有時演奏美麗的鋼琴。而詩裡的抒情主體時而自得其樂，時而疏於練習，卻總是孤單無依。以祈求的姿

4 〈現實—昏睡症—發燙椅子〉
5 〈倒帶酒館她和她〉

態，盼望著愛與被愛——寂寞，成了最最奇幻，又最最日常的災難。整體而言，浪漫的基調貫穿了這些詩作，在憂鬱、哀愁的情調中，尋求無人能給的答案：

教我如何頓醒
赦我一切過錯
教我如何滑落
至永無須回頭[6]

烏鴉
搖落一些葉子
讓我像你
讓我像你[7]

6 〈六呎下〉
7 〈烏鴉〉

我知道，風在吹著她們
或我只是希望如此
多希望如此。8

「教我」、「讓我」、「希望」等句型反覆出現，表明了殷勤的祈願。像在告訴自己：一切總會過去的，一切都會好起來的，但勇氣不是說有就有。這些詩句讀來令人感到軟弱與神傷，誰不曾痴心，乃至失望：

如果我已沒有憂鬱需要妳來安慰了
妳仍在共鳴我的哀愁
妳就會使我痛苦
而我會成為妳的地獄
我所能幫妳的

8 〈讓音樂發生〉

只有拿一個乾淨的枕頭[9]

少年的世界不只孤單與愛，更有輕狂的一面。面對人際時的無力感，向來是成長的主題。黃柏軒詩裡時而出現一種自稱世故、或者故作霸道的語氣：「他說了謊我清楚得很」[10]、「自從我養了老虎／再也沒人敢拿那種事煩我」[11]、「敢對別人說：／你就去死。像這樣／去死。」[12]這也許是青年與現實打了照面後，不得不予以因應的自衛腔調。現實耗盡了人的元氣，青年你我未曾經歷災難，但時時日日深感疲憊：

神啊，容我此刻
多活一點

9 〈像貝蒂那樣憂鬱〉
10 〈騙子〉
11 〈寄養〉
12 〈星期天〉

讓我深深陷入這張椅子
捧著這一分鐘
端詳它
享受它的顏色、氣味與預言

直至我清空口袋裡
所有藍色的代幣
讓我凝視一隻黑狗狂喜奔跑時
像一隻黑狗狂喜奔跑[13]

黃柏軒的詩音韻流暢，語感流利，在語言運用與意象撿取上，時而可見汲取了漫畫、電影、翻譯小說，與前行詩人的風格和養分：「即使她只是／或她像，她就該是／一組吵鬧的樂器」[14]、「即使結束：終究／

13 〈上班日午休祈禱文〉
14 〈讓音樂發生〉

15 〈冬河〉
16 〈光上黑山——致家榮〉
17 〈倒帶酒館她和她〉
18 〈黃色彈子房〉
19 〈過故人莊〉

秋日已過」[15]、「月出東山」[16]、「見過一面的酒保正在說他一生的故事」[17]、「一個大胸部的女人坐在櫃台／沒有人向她擠眉弄眼，今晚沒有／明晚沒有。沒有人決鬥」[18]；又或者得自小說技法的巧妙離題：「在橋上遇到另一名女子／我和她有了另一些故事」[19]，這些漂亮腔調與技法，為他的詩增添了豐富的閱讀樂趣。

洋溢感傷情懷的後青春期的詩，如此敏感易碎，令人想起神祕的青春階段，誰不曾被無以名狀的小事摧毀，在無理可循的裂痕中，人們從未真正復原，只是漸漸遺忘了那些小事——其實，沒人真正忘記過，只是連自己也搞不清究竟怎麼一回事。我們從哪裡開始崩壞的？何時變成與少時所想毫不一樣的大人的？為何，從未停止成長的我們，竟至無動於衷？事情一定在哪裡出了錯，但總想不起來：

他就這樣走了下去
成為一個被影子駕駛的人
成為一個不能照鏡子的人
成為一個照了鏡子也無動於衷的人
……

這種事
天天都在發生[20]

感傷不是沒有來由，而是來由過於隱密。當早年的自我期許，在時間裡漸被證明為空想時，現實中的任何場景，任一句話，任一情節或任一張臉，都足以成為

20 〈一個人走在路上〉

不懷好意的鏡像，將少年擊垮，逼少年長大。既期待自己跟「烏鴉」一樣獨立堅強，又盼望自己能有清晰的自覺意識如「紅寶石野獸」；如果都不行，至少龐克一點總可以吧？也不。如此一再襲來的失望，似無來由的憂鬱，或許就源於理想與現實的嚴峻落差，那並不關乎世界，而是對於自己。

《附近有人笑了》的風格多變，腔調靈活，但母題不變。是感傷、悲悵的少年遊，看著天空，抱著自己，懷想逝去的情誼。在成長的孤獨感、無盡的思念、迷惘與失落中，作者分享了他隱密乃至奇幻的心事。闔上詩頁，乍然發現，那也是你我的心事。發現他人與自己一樣，或許就是困惑於時光流轉的青年你我唯一的撫慰。

附近有人笑了 / 黃柏軒作. -- 初版. -
桃園市：逗點文創結社, 2014.06
192面；12*19公分
ISBN 978-986-90358-4-2(平裝)
851.486　　　103007723

附近有人笑了

作　　者：黃柏軒
總 編 輯：陳夏民
執行編輯：郭正偉、黃柏軒
封面設計：小子　godkidlla@gmail.com
內文排版：陳恩安　globest_2001@hotmail.com

出　　版：逗點文創結社
地　　址：330桃園市中央街11巷4-1號
官方網站：http://www.commabooks.com.tw
電　　話：03-3359366
傳　　真：03-3359303
郵　　撥：50155926 逗點文創社

總 經 銷：知己圖書股份有限公司
台北公司：台北市106大安區辛亥路一段30號9樓
電　　話：02-23672044
傳　　真：02-23635741
台中公司：台中市407工業區30路1號
電　　話：04-23595819
傳　　真：04-23595493
印　　刷：通南印刷有限公司

ISBN：978-986-90358-4-2
初版一刷：2014年 6月
定價：280元